SUPER LOVERS

14

Inhalt

柏木法律事務所
KASHIWAGI OFFICE
Du bist sicher erschöpft.
Möchtest du was Süßes?
Nein, danke.
Tee reicht mir.
Magst du keine Süßigkeiten?
Maria, meine Mutter, meckert immer, dass Zucker ungesund ist. Und wenn ich so was ...
... heimlich esse, sagt sie, mir fehle das Bewusstsein, eine Person des öffentlichen Lebens zu sein.
Oh, dann bitte ich um Verzeihung.
Deine Mutter ist wirklich schön. Sicher hat sie es durch ihre Selbstbeherrschung so weit gebracht.
SUPER LOVERS
#39
Tja ...
Kann ich nicht beurteilen.

Puh ...
Danke, dass du geduldig mit ihm bist.
Hat er schon was gegessen?
Nein. Er nimmt nur Wasser oder Tee zu sich.
Achten alle Heranwachsenden so sehr auf ihr Äußeres?
Selbst Oberschülerinnen essen mehr.
Damit kann man ihn doch nicht vergleichen.
Tja ... Auch wieder wahr.
Aber hast du sein Gesicht gesehen?
Er gleicht dem jungen Haru wie ein Ei dem anderen.
Das erinnert mich an damals.
So einen hübschen Jungen sieht man nicht alle Tage.
Richtig schön anzusehen.
Als Haruko mich fragte, ob ich ihn in meine Obhut nehmen könnte, war ich ziemlich überrascht.
Ich frage mich ...
... in welchem Verhältnis sie zueinander stehen.

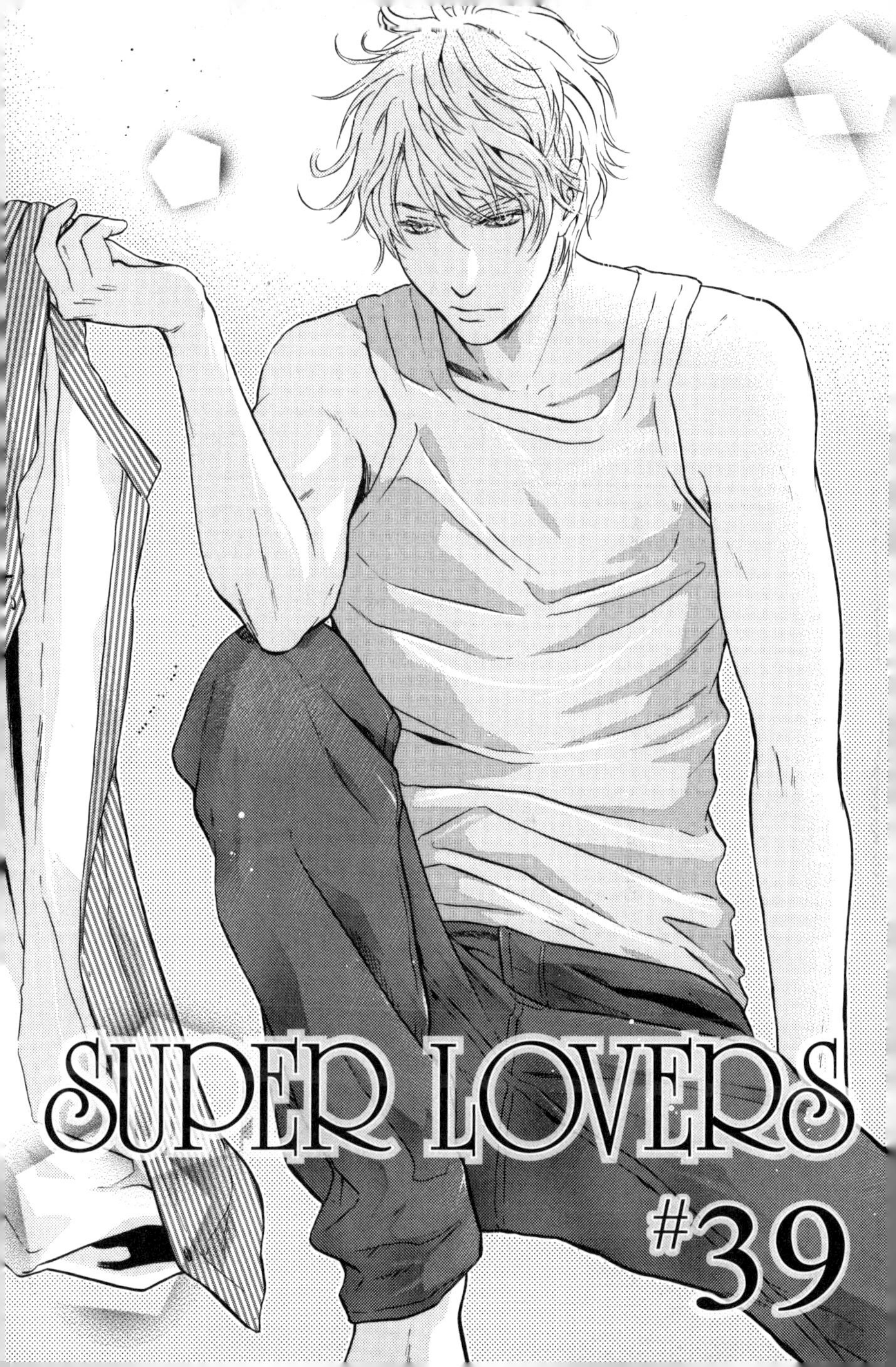
SUPER LOVERS
#39

Ein Unglück ...
... kommt selten allein.
Das sagte Ren zu mir, als ich diesen Sommer meine zweite Amnesie hatte.
Noch mal irgend so ein Unglück wäre echt nicht mehr lustig.
Oh Mann ...
Ich bin fix und alle.
Aber es kam, wie es kommen musste.

Hm?
Nanu?
Was ist denn hier los?
Wieso seid ihr alle noch wach?
Aki ist schuld. Ich wollte ...
... schon längst schlafen ...
Die DVD hier hat keine japanischen Untertitel.
Bei Fachwörtern reichen meine Englischkenntnisse nicht.
Ohne Übersetzer verstehe ich nichts. Das wär voll langweilig.
Siehst du? Akis Schuld.
Ich bin müde.
Ihr schaut eine DVD?
Etwa die Serie, auf der Harukos Roman basiert?
...

Gibt es keine gedubbte Version?
Doch, aber unser Jüngster war geizig und hat nur die Originalversion gekauft.
Die war eben günstig.
Aber deshalb musst du Ren doch noch lange nicht bis so spät fernsehen lassen.
Nicht die Tatsachen verdrehen.
Ren hat auf dich gewartet und wir haben ihm dabei nur Gesellschaft geleistet.
Schau doch mit, Haru. Der Junge, der die Rolle von Anatoli spielt, sieht genauso aus wie du damals. Urkomisch.
Ich bitte dich ...
Das kommt dir nur ...
... in der Aufnahme so vor. Wenn du ihn in echt sehen würdest ...
... würdest du sicher anders denken.
Ah!
Was ist, Ren?
Ich hatte ganz vergessen, dass Haruko angerufen hat.
Sie wollte mit dir reden.

Ich hätte es besser wissen müssen.
Ach?
Etwa wegen deines Studiums?
Na ja, morgen wird auch reichen.
Keine Ahnung?
Ein Unglück kommt wirklich selten allein.
Komm, Ren! Gehen wir schlafen!
Haruko will sonst nie was von mir. Ich hätte wissen müssen, dass es …
Hm?
Schauder
… eine teuflische Botschaft sein würde.

Haru ...?
Willst du schon aufstehen?
Es ist noch nicht mal fünf.
Samstags gibt es ein Kuchenbuffet anstatt Mittagessen.
Er steht bereits in der Küche.
Ich muss Iku unter die Arme greifen.
Zuständig für Süßes.
Hm?
Schlaf weiter. Heute ist Samstag. Es ist noch zu früh.
Du hast doch gestern schon bis spät gearbeitet.
Im Sommer hab ich im Café lange ausgesetzt.
Wenn ich mich nicht voll reinknie, wird mich Kiyo umbringen.
Ich helfe auch ...
Ha ha
Dein Job ist es, dich auszuschlafen.

…
Aber ich muss gestehen …
… dass ich die letzten Tage etwas auf Ren-Entzug bin.
Küss
Wenn ich mich heute anstrenge, gibst du mir dann eine Belohnung, Ren?
Ich hab kein Geld.
Dummkopf! Ich bin doch dein Hund. Geld zählt da nicht als Belohnung.
Okay, ich hab's kapiert. Bitte hör auf, deinen Sex-Appeal so früh am Morgen schon auszupacken.
Na ja, egal.
Kannst du deinem großen Bruder, der arbeiten geht, wenigstens einen Abschiedskuss geben?
Ein normaler Bruder würde so etwas nicht verlangen.
Papperlapapp! Na los!

Küss
...
Hey, Ren ...
Könntest du bitte aufhören, beim Küssen diesen eiskalten Blick aufzusetzen?
Das bildest du dir nur ein.
Von wegen!
Hach, ich bin so glücklich ...
Die Tage sind stressig, aber mein geliebter Ren ist an meiner Seite.
Ich fühle mich wirklich wie ein zufriedener Hund bei seinem Herrchen.

Was?
Moment, Mikiko.
Ich hab dich nicht verstanden.
Gerade ist hier viel los.
Hm? Ein Bekannter von Haruko?
Nein, wüsste ich nicht. Keine Ahnung.
Ich muss hier arbeiten. Ich kann hier nicht weg.
Okay.
Ein Junge?
Wie, verschwunden? Wieso schaltest du dann nicht die Polizei ein?
So einfach ist das leider nicht. Er sollte hier möglichst unauffällig bleiben.
Die Öffentlichkeit soll nicht erfahren, dass er überhaupt in Japan ist.

...?
Wie? Ein Star?
Noch nicht. Aber vielleicht bald.
Ach, Mann!
Hätte ich ihm doch nur kein Handy gegeben.
Wieso rufst du ihn dann nicht einfach an?
Hab ich. Aber er geht nicht ran. Deshalb such ich ihn ja.
Ah, ach so!
Ist Ren da?
Nein, er ist einkaufen und mit Tanuki Gassi gehen.
Aber was hat das mit ihm zu tun?

ぶす
Grmpf
Tanuki.
Du könntest echt mehr Sport vertragen.
Ich wiiill niiicht!
Wetten, du bekommst von unseren Gästen heimlich Leckerli? Du hast ...
... in letzter Zeit wieder zugenommen.
Was?!
Hey!

Hi, boy!
What on earth are you doing here?
Ach, komm schon, Ren! Du hast mich doch nicht etwa vergessen?
Ich bin's. Micha.

Ah !!
Michael Beilschmidt?!
Juhuuu!
Ach, Mann! Ich hab dich überall gesucht.
Du bist es also doch, Ren!
Gesucht?! Aber wieso bist du überhaupt hier?!
Das könnte ich dich genauso fragen.
Was machst du in Japan?! Ich dachte, du wärst bei Haruko.
Ich bin extra in die Schweiz zu ihr, um dich zu sehen, aber du warst nicht da.
Ich wurde eigentlich von Japanern adoptiert.
Haruko hatte nur vorübergehend auf mich aufgepasst.
Ach, echt?
Aber Japan passt irgendwie gar nicht zu dir, Ren.
Gut siehst du trotzdem aus.
Und du? Was machst du hier?
Ich hab Hunger, Ren.

Antworte mir gefälligst!
Ich hab so Hunger! Ich kann nicht mehr klar denken.
Und laufen kann ich auch nicht mehr.
Trag mich, Ren. ♡
Bitte was?!
Wer ist das?
Ähm …
Wer ist das?
Ren hat den irgendwo aufgegabelt.
Hä?

Haruko?!
Was hast du dir dabei gedacht?!
Was?!
Und hier läuft wohl gerade auch alles aus dem Ruder.
Was ist denn nur los?
Der Junge ist Haru wie aus dem Gesicht geschnitten.
Hmm …
Wieso kommt der mir nur so bekannt vor?
Na ja …
Ich schätze, deshalb.
Aaah!
Der kleine Anatoli!
Wie schnell Kinder groß werden.
Die ersten Aufnahmen sind etwa sieben Jahre alt, oder?
Wer zum Henker ist der Junge?
Erzähl mir nicht, dass ich noch einen Bruder hab!
Er sieht mir so ähnlich, dass es schon gruselig ist. Ist das dein Sohn, Haruko?!
Wie soll ich mich in dieser Situation beruhigen?!
Ich versteh ja selbst nicht genau, was hier passiert, aber ich dachte, dass er bei dir am besten aufgehoben ist.
Von wegen!
Du bist so was doch gewöhnt.
Und ich will mich auch nicht an so etwas gewöhnen!

Alles, was ich weiß, habe ich schon an Mikiko weitergeleitet.
Was?! Mikiko ?!
Sie steckt mit dir unter einer Decke ?!
Ein Unglück kommt selten allein.
Wahre Worte.
Sein Name ist Michael Beilschmidt und er ist 16 Jahre alt.
Alles Weitere solltest du ihn selbst fragen.
Halt!
Nicht so schnell, verdammt!
Hey! Hallo!
Haruko?!
Mist! Du elende Hexe!
Hey, Ren.
Darf ich hier für eine Weile übernachten?
Wie?!
Ich kann sonst nirgends hin.
Was ist mit deiner Mutter?
Wir haben uns wegen meiner Arbeit gestritten.
Geh doch zu ihr.
Ich kann nicht länger mit ihr zusammen leben.
Aber ... du bist doch noch minderjährig.

Außerdem hat Maria gar nicht das Recht, groß Predigten zu halten.
Sie hat mich als Kind einfach meiner Grandma übergeben und zehn Jahre links liegen gelassen.
Und bloß, weil ich durch meine Kinderrolle beliebt geworden bin, macht sie jetzt voll einen auf Managerin.
Ich mag meine Arbeit, aber ihretwegen ...
Hey!
... kann ich nicht mehr in die Schule und auch nicht mehr essen, was ich mag. In letzter Zeit hab ich nur noch Tanz- und Catwalk-Training.
Anscheinend will sie mich benutzen, um für sich selbst Werbung zu machen!
Ihr zwei!
Okay.
Ist das nicht frech?!
Das stimmt.
Aber ich treffe meine eigenen Entscheidungen.
Das hast du doch auch mal gesagt, Ren.

……
Stopp!
……
Erklärt mir erst mal, was hier abgeht. Bis ins kleinste Detail, okay?
Knirsch
……

Das ist mein Zimmer, aber mach's dir gemütlich.
Wow! ♡
Wie klein es ist!
...
Aber das ist typisch für Japan, oder?
Wie ein Hasenstall!
Wie lang lebst du schon hier, Ren?
Gehst du hier auch zur Schule?
Hast du Freunde? Oder eine feste Freundin?
Hast du meine Serie geschaut?
Du stellst zu viele Fragen.
Ngh! Sorry.
Ich hab dich einfach vermisst.
Geh ich dir auf die Nerven?
...
Nein.

Tut mir leid, Haru.
Kaum hab ich mal nicht aufgepasst, ist er entwischt ...
Er ist zum ersten Mal in Japan. Ich hätte nicht gedacht, dass er allein herfinden würde.
Die Jugend heutzutage ist unberechenbar.
Mit einem Smartphone bekommt man doch mittlerweile das Meiste geregelt.
Und in Japan kann ja wenig passieren.
Und woher kennen sich Ren und der Junge?
Die sehen sich definitiv nicht zum ersten Mal ...
... so wie sie in Rens Zimmer miteinander reden.
Ach deshalb bist du so gereizt, Haru.
Haruko hat dich doch informiert, oder?
Nimm ihn bitte eine Zeit lang unter deine Fittiche.
Er ist doch kein Hund oder eine Katze.
Außerdem haben wir selbst genug zu tun.
Was ist mit dem Erziehungsberechtigten?
Der kann doch nicht einen Minderjährigen einfach mir nichts dir nichts ins Ausland schicken.
Hmm ...
Genau das macht die Sache so kompliziert.
Warum ?!

Er hat zwar bis vor Kurzem noch mit seiner Mutter zusammen gelebt ...
... aber bis vor ein paar Jahren hat seine Oma sich um ihn gekümmert.
Sie ist kürzlich verstorben.
Danach ist ein regelrechter Streit ums Sorgerecht entbrannt.
Wo ist das Problem? Er hat doch eine Mutter.
Michaels Großmutter soll eine äußerst charakterstarke Frau gewesen sein.
Denkst du wirklich, sie würde ihrer Tochter verzeihen, die ihr ihren Sohn aufgedrängt hat, dessen Vater unbekannt ist?
Tja ...
Keine Ahnung.
Stellt euch vor ...
... sie hat ihrer eigenen Tochter kurz vor ihrem Tod das Sorgerecht für deren Sohn entzogen.
Und das, als er gerade anfing, in der Filmbranche als Kinderdarsteller richtig durchzustarten!

Hä?
Aber diese Oma ist doch gestorben, oder?
Muss dann nicht die Mutter das Sorgerecht wieder bekommen?
Tja ...
Wenn sie da nicht einen anderen Vormund benannt hätte.
Was meinst du damit?
Frag mich nicht, wieso ...
... aber sie hat Haruko D. Diekmann dazu bestimmt.
So sieht's aus.
Hm, Moment ...
Pass gut auf ihn auf, du bist jetzt sein großer Bruder. ♡
Irre ich mich, oder habe ich gerade ein Déjà-vu?!

Haru …?
Guten Morgen, Ren.
Hast du gestern doch bei Michael geschlafen?
Wenn der mal anfängt zu reden, hört er nicht mehr auf.
Und dann bin ich wohl eingeschlafen.
Hm, ihr scheint euch gut zu verstehen.
Seit wann kennt ihr euch? Hast du mir schon mal von ihm erzählt?

Ich bin ihm vor sieben Jahren das erste Mal begegnet.
Haruko hat mich zu einem Dreh mitgeschleppt ...
... bei dem er die Rolle von Anatoli, dem kleinen Bruder des Hauptdarstellers, gespielt hat.
Er musste mit großen Hunden klarkommen, hatte aber keinerlei Erfahrung.
Deshalb war er dann häufig bei Haruko zu Besuch.
Da er dir sehr ähnlich sah, hat Haruko auch nicht Nein gesagt.
R...
Haruko hat dir deshalb nichts erzählt, weil sie dachte, es wäre dir unangenehm ...
... zu wissen, dass jemand, der dir derart ähnlich sieht, bei uns ein und aus geht.
Reicht das an Info?
Tut mir leid! Ich war fies zu dir.
Alles meine Schuld. Lass uns Frieden schließen, ja?
Drück
Wir streiten doch gar nicht.
Stimmt.

Gestern konnten wir nicht zusammen einschlafen ...
... dabei hab·ich auf dich gewar-tet.
Haru ...
Na ja, da kann man wohl nichts machen.
Das ...
Ngh !
... tut mir leid.
Wirklich.

Reeeen!
Where are you?
Reeeeen!
Tss!
Er klebt regelrecht an dir. In der Hinsicht sind wir uns also auch ähnlich. Furchtbar.
Stimmt, Michael ist auch wie ein Hund.
Ich bereite das Frühstück vor. Geh dir das Gesicht waschen.
Okay.
Michael!
Ich bin hier unten!
Du, Ren.
Meinst du, dass die Rolle von Anatoli auf ihm basiert?
Meinst du Haru?
Ich gehe davon aus.

Hm ... Ich denke nicht, dass Anatoli im Erwachsenenalter so schamlos sein würde.
Wie meinst du das?
Ren ...
Bist du hier wirklich sicher?
...?
Wieso?
Ich hab gehört, dass die Eltern hier bei einem Unfall umgekommen sind.
Das heißt, in dem Haus gibt es keine wirklichen Erwachsenen, oder?
Kann es sein, dass du schlecht behandelt wirst?
Sexuell belästigt, oder so?
Sexuell belästigt?
Wieso?
Tut mir leid, aber ich hab euch eben gesehen.
Du wurdest geküsst!
Ach so.
Das ist normal.
Nichts Besonderes.
Oh my god!
Normal?! Nichts Besonderes?!

....
No!!
Was redest du da, Ren?!
Selbst in der Familie küsst man sich nicht so!
Der Kuss eben war definitiv besonders.
Natürlich ist er das.
So was kommt nur mit Haru infrage.
Auch nicht mit Haru!
...?
Wo ist das Problem?
Hä?!
Was ist das für eine Frage?!
So was macht man nur mit jemandem, den man wirklich liebt.
M... Mit einer Freundin oder so, weißt du?
Stimmt. Haru ist keine Frau ...
... aber ich sehe da kein Problem.
Weil du ihn liebst ...?
Ja.
Knirsch
Kannst ... Kannst du mich ...
... dann vielleicht auch küssen?
Nein.
Du hast es doch selbst gesagt. Man küsst nur jemanden, den man liebt.

Wow ...
Was ist das?
Reis, Miso-Suppe, getrocknete Makrele, japanisches Omelett, Algen und Sojabohnen.
Ein klassisches japanisches Frühstück.
Ich hasse Fisch.
Weiße Kohlenhydrate sind auch ein No-Go.
Habt ihr keinen Salat oder Früchte?
Ugh!
Du klingst wie eine Schülerin auf Diät!
Heute ist es ja etwas kühler.
Wenn gekochtes Gemüse auch geht, kann ich dir das machen.
Wäre Kaki als Frucht okay?
Äh ... ja.
Danke.
Warum geizt du so damit?!
Du bist echt kaltherzig! Aber das liebe ich an dir!
Nicht so laut, Michael.
Du sollst mich doch Micha nennen!
Jetzt ist aber mal genug, ihr zwei!
Tss!

Hmm, Blumenkohl, Spinat und gebratene Tomaten dürften's tun.
Du, Ren?
Hm?
Was ist Haru für einer?
Die Frage ist sinnlos.
Jeder empfindet so etwas anders.
Ach, Mann!
Er schenkt mir kein einziges Lächeln.
Dagegen sprechen mich Aki und Shima von sich aus an.
Haru ignoriert mich total.
Aber er ist nett, oder?

Schon ...
Aber wieso ...
... ist er ein einfacher Cafébesitzer in Japan?
Von Harukos Sohn hab ich irgendwie was anderes erwartet.
Haruko und Haru sind unterschiedlich.
Haruko hat nie von ihm erwartet, etwas Besonderes zu werden ...
... genauso wenig wie er selbst.
Aber sie hat einfach aufgehört zu schreiben und ist zurück in die Forschung.
Obwohl sie so schön ist, geht sie gar nicht in die Öffentlichkeit.
Stimmt, jetzt, wo du es sagst.
Ich wünschte, ich hätte Haruko gebeten, mir Lehrstunden zu geben.
A... Aber ...
... ist das nicht eine Verschwendung?!
Haruko hat Fans auf der ganzen Welt.
Darum geht es hier nicht!
Er ist Harukos Sohn und sieht so attraktiv aus. Wie kann sein Leben da so nullachtfünfzehn sein?!
Was soll das?! Japan ist komisch! Wo sind die ganzen Paparazzi?
Du hast Probleme ...

Wenn ich länger in Japan bleiben würde, würde ich hier noch versauern.
Ganz ohne Unterricht oder Training ...
Wie lang hast du eigentlich vor, in Japan zu bleiben? Was ist mit ...
... deiner Arbeit oder der Schule?
Ich geh nicht zur Schule.
Und meine Arbeit ... kann ich erst mal vergessen.
Hm?
Wieso?
Ich hab doch gesagt, ich hab mich mit meiner Mutter gestritten.
Das war ein Theater, sag ich dir.
?
Uwah!
?
Was ist ...
... Aki?

H... Hey! Kann es sein, dass Michas Mutter Maria Beil ist?!
Sein Nachname ist ja Beilschmidt. Vielleicht hat sie ihn für ihren Künstlernamen einfach abgekürzt.
Sie sieht Michael echt ähnlich.
Ich hatte sie nur als Promi abgespeichert, die von einem Skandal und einer Affäre zur nächsten geht.
Oh Mann ...
Hm ... aber hast du je gehört, dass sie ein Kind hat?
Im Profil steht, sie ist erst 28 Jahre alt.
Hmm ...
Dem Foto nach zu urteilen könnte das Alter schon hinhauen.
Michas Künstlername ist einfach Michael, oder?
Na ja, ein uneheliches Kind ist heutzutage nicht unüblich.
Statt den Ruf eines heruntergekommenen Ex-Models zu haben, dem es nur um Geld und Männer geht ...
... wäre es doch besser, als Mutter eines beliebten, erfolgreichen Kinderdarstellers bekannt zu sein, oder?
Vielleicht hatte sie es ja tatsächlich darauf abgesehen.
Was ?!

Wenn sie ihn vor der Öffentlichkeit geheim halten wollte, wäre es gar nicht erst zum Streit ums Sorgerecht gekommen.
Denn dann wäre es schließlich besser, nichts mehr mit ihm zu tun zu haben.
Stimmt ...
Ich rieche Kaffee ...
Lecker.
Unser Röster läuft gerade.
Wenn du was trinken willst, musst du es Haru einfach sagen.
Nein, passt schon.
Ich dachte, heute ist frei.
Das Café ist geschlossen, aber Haru muss alles für morgen vorbereiten.
Wenn er hier ist, kümmert er sich sonst immer nur um den Haushalt.
Habt ihr keine Haushaltshilfe?
In Japan hat man so etwas nicht.
Gut, meine Hausaufgaben sind erledigt.
Echt?!
Dann lass uns wo hingehen!
Juhuuu! ♡

Nein.
Ich habe die Pflicht, das Bad zu putzen.
Waaas?!
Was ist mit Harajuku?! Dem Skytree?! Oder Odaiba?!
Zu solchen Menschenmassen bringen mich keine zehn Pferde.
Ugh! Euer Leben hier ist ja voll lahm.
Ich kann dich später zum 24-Stunden-Supermarkt bringen.
Die saisonalen Süßigkeiten da sind lecker.
Was?! Aber so einen Supermarkt gibt es auch in Amerika oder Kanada.
Voll langweilig!
Gut.
Dann bleibst du eben hier.
Die Supermärkte in Japan haben's in sich ...
Amazing ...
Gerade im Herbst ist Kastaniengebäck einfach das Beste.
Ist dann doch mitgekommen.

Ratter Ratter
Haruko ist jetzt ...
... also sein Vormund. Aber würde sie wirklich einfach so ...
... ein fremdes Kind aufnehmen, nur weil wir uns ähnlich sehen?
...
Nein, nein.
Er kann einfach nicht Harukos uneheliches Kind sein.
Das geht gar nicht.
Aber ...
... der Name Michael Beilschmidt ...
... ist ein deutscher Name. Harukos Vater kam aus Deutschland, oder?
Ich hab ihn als Kind nur einmal gesehen.
Ich weiß nicht mal mehr, wie er aussah.

Mama ...
Kannst du mir was über meinen Opa erzählen?
Hmm, mal überlegen.
Er ist Abschaum.
Was ?!
Schock
Er hatte ...
Er ist ohne viel Verstand und nur ...
... mit seinem guten Aussehen durchs Leben gekommen. Pass auf, dass du nicht wie er wirst, Haru.
Was?! Wiee ?!
Oh.
Jetzt erinnere ich mich wieder, wie ich Opa zum ersten Mal begegnet bin.
... die gleiche Augenfarbe wie ich.
In einem Krankenhauszimmer ...
... in Kanada wartete er still auf seinen Tod.

Hmm?
Moment.
Irgendwas hatte Haruko noch erwähnt.
Haru!
Kannst du heute Abend Schweineschnitzel machen?!
Ah!
Ist es schon so spät?
Ich hab fünf Kilo Filet gekauft!
Bitte mach alles!
Ich glaube, mit deinem Magen stimmt was nicht.
Was?!
Du schläfst heute nicht bei mir?!
Wieso nicht?!

Das gestern hat sich nur so ergeben.
Heute schlafe ich in einem anderen Zimmer.
Nein!
Lass uns zusammen schlafen!
Als ich dich bei Haruko besucht habe, haben wir das immer so gemacht!
Du bist einfach in mein Zimmer gekommen, mehr nicht.
Haru …
Was du für ein Gesicht ziehst …
Sag mal, geht's noch?!
Dieser verdammte Flegel!
Ren und Micha sind doch gleich alt.
Ich weiß. Schon klar.
Er ist nur ein Kind.
Gwwt
Haru?
Hmm?
Was ist los, Ren?
Lächel
Das könnte ich dich fragen. Du schaust komisch.
Tut mir ja sehr leid.
Komm!

Ren?
Lass uns zusammen ein Bad nehmen und schlafen gehen.
Ich bin müde.
Juhu, ein Bad mit Ren!
Endlich mal wieder! ♡♡♡
Yes! Let's go!
Was ?!
Hey!
Was geht hier vor?!
Das ist hier ganz normal.
Man gewöhnt sich wohl an alles.

Nein, halt! Das ist doch total verrückt!
Sind alle Japaner so?!
Stehen Brüder sich so nah?!
Nein, auf keinen Fall!
Hörst du uns?!
Warum?! Wieso?!
In Kanada war Ren immer allein und es machte ihm nichts aus.
Er war der Alpha unter den Hunden …
… und redete selbst mit mir kaum.

Aber er behandelte seine Hunde immer gut ...
... und ganz egal, ob sie Schabernack mit ihm trieben, er wurde nie sauer.
Ich legte es drauf an und schlüpfte deshalb unter seine Bettdecke ...
... und wie ich es mir dachte, wurde Ren auch da nicht sauer.
Aber das geht nur, wenn man ein Kind ist.
Ein Erwachsener sollte so was nicht machen.
Wieso lässt er mich überhaupt links liegen und verhätschelt diesen Haru?!
Hey, Micha.
Alles okay?
Das ist doch komisch! Richtig abnormal!
Hey!
Er hört uns nicht.

Schaust du dir schon wieder dieses Album an?
Wird es dir nicht langweilig?
Nein.
Ich dachte nur, dass du auf diesen Fotos Micha wirklich ähnlich siehst.
Tja ...
Das heißt wohl, dass er nur als Kind so süß aussehen wird.
Magst du Micha nicht?
Wieso sollte ich auch? Er sieht genauso aus wie ich früher ...
... und du verhätschelst ihn, bloß weil er ein Kind ist.
Ich sage dir damit zwar nichts Neues ...
... aber du bist echt kindisch.
Mit 25 ist man eben noch kein perfekter Erwachsener.

Ach ja?
Kleb
!
Dann passt du doch wunderbar zu mir, auch wenn ich viel jünger bin als du.
Wunderbar?
Ja.
Sollen wir's tun?
Ja.
Ach, jetzt verstehe ich es.
Ich ...
... bin eifersüchtig ...
... auf diesen Jungen.
Weil er einen Ren kennt, den ich nicht kenne ...
... und von ihm nett behandelt und bevorzugt wird.

Ich hätte Ren auch gern früher kennengelernt.
Wären wir in einem ähnlichen Alter, hätten wir vielleicht mehr gemeinsam machen können.
Gemeinsam aufstehen, frühstücken …
… in die Schule gehen, etwas unternehmen, shoppen …
… dann wieder nach Hause gehen und im selben Bett schlafen.
Obwohl wir momentan unter ein und demselben Dach wohnen, verbringen wir mehr Zeit getrennt voneinander als zusammen.
Ob er es abschreckend finden würde, wenn ich ihm sagte, dass ich das kaum ertragen kann?

Ngh!
Hey, Haru ...
Ich bekomme eben nicht genug von ihm.
Haru ...!
Hm? Darf ich nicht?
Aber fühlt sich das nicht gut an?
Doch, aber ...
... die Klamotten stören.
Das gefällt mir ...
... wie du mich hier verführst.

Wenn du es wagst, so was zu jemand anderem zu sagen …
Nein, ich nehm's wieder zurück.
Schauder
… verzeih ich dir das nie.
Wenn er ein Kind wäre, könnte ich das hier nicht mit ihm machen.

Dann könnte ich ihn niemals so befle-cken.

Haru?
Hm?
Ach, nichts.
Küss
Ich dachte, ich hol ein Handtuch.
Dann kann ich dich abwischen.
Ich bin ... müde.
Schlaf.
Jetzt, wo alles raus ist, geht's dir besser, oder?
Kicher Kicher
Was war das ?!

Schluchz
Trän
Trän
E... Ein Erwachsener, der aussieht wie ich ...
... macht Dinge mit Ren ... mit diesem Blick!
Ich glaub das nicht!
SUPER LOVERS #39● Ende

SUPER LOVERS
#40

Ren?
Musst du nicht langsam los? Du kommst noch zu spät.
Ich weiß.
Nanu?
Wo ist Michael?
Ich hab ihn geweckt, aber er steht nicht auf.
Okay ...
Na ja, ich schau später nach ihm.
Hier, deine Lunchbox.
Danke!

Was ist los?
Will Micha nicht raus?
Dabei hab ich ihm gesagt, dass wir uns unter der Woche wegen Schule und Arbeit mittags nicht um ihn kümmern können ...
Lass doch einfach Tanuki auf ihn aufpassen.
Och neee!
Ich fass es einfach nicht ...
...
Ich hab mich so gefreut, Ren nach all der Zeit endlich wiederzusehen.
Ich dachte, dass das japanische Leben voller Förmlichkeit hier langweilig sein muss.
Ich ging davon aus, dass ich ihn ganz für mich allein haben würde, wenn ich herkomme.

Aber …
… das ?!
Das …
… ist doch das Letzte!
Damn it!

Ich geh dann mal.
Pass auf dich auf.
Ich hab gehört, dass du die Unterlagen für deine Wunschunis noch nicht bei deinem Klassenlehrer abgegeben hast.
Bist du immer noch unentschlossen?
Er hat mir geschrieben.
Nein, dank des Gesprächs mit Shima bin ich mir mittlerweile recht sicher ...
... aber ...
Ach ja ...
Mach dir ums Geld keine Sorgen, okay? Bestimmt hat er dir empfohlen ...
... nicht nur staatliche, sondern auch private Unis in deine Auswahl miteinzubeziehen, hab ich recht?
Stimmt.
Aber da will ich auch Haruko noch mal fragen ...
Du machst dir viel zu viele Gedanken ...
Wenn du sie fragst, wird sie dir eine im Ausland ans Herz legen.
Du musst entscheiden, wohin du willst. Okay?
Aber wo ...

... will ich denn hin ...?
Ah! Ren! Schau ...
... auf die Uhr!
!!
Du kommst zu spät!
Haste den Papierkram für deine Wunschunis immer noch nich ausgefüllt?
Juzen.
Was hast du denn hier eingetragen?
Einfach irgendwas. Hab meins längst abgegeben.
Hab eh keinen Plan, was kommt.
Wieso?
Ich hab dir doch erzählt, dass mein Stiefvater ins Ausland versetzt wird.
Meine Mutter hat mich gefragt, ob ich mitkommen will.

Hmmm ...
Und?
Zwar geht sie mit Mann und Kind, aber sie hat wohl Angst, die Sprache nicht zu verstehen.
Sie möcht mich wohl mit ins Unglück stürzen.
Ob ich da überhaupt zur Schule gehen kann?
Klar.
Die Soryo hat im Ausland Partnerschulen.
Echt?
Zeig mal her ...
... wo du dich ...
... überall eingetragen hast.
Hm, alles normale Unis.
Aber im Inland sind das wohl schon die besten.
Normal?! Streber wie du haben da scheinbar ne andere Messlatte, was?
Gib das wieder her.
ガタ
Klatter

Krk Krk
?
Hier!
Gib meins gleich mit ab.
Flapp
Was ?!
Identisch
Ren Kaido
Akira Enomoto
Ren ...
... darf ich das verbrennen?
Nein, darfst du nicht.
Wird einem mit guten Noten etwa alles egal, weil man im Prinzip die freie Wahl hat?
Jetzt, wo er es sagt ...
Bei Akira könnte das wirklich zutreffen.

Aber ich ...
Hmm?
... tu mich schwer, mir vorzustellen, was ich nach der Oberschule machen will ...
... weil ich ...
Michael?
Klopf Klopf
Schläfst du noch?
Ich muss jetzt zum Café.
Klack
Komm einfach rüber, wenn du Hunger beko...
Hm?

Keiner da?
...
Nanu?

Wer ist das?
Eine Austauschschülerin?
Hm?
Sieht die hübsch aus!
Eine Blonde mit blauen Augen. Wie eine Kunstfigur.
Reeen!
Hier ist jemand, der dich sucht ...
!
Michael?
...

Was machst du hier ...?
Hi, Darling! Wie kaltherzig, dass du mich am Morgen einfach allein im Bett lässt.
Sind alle Japaner so?
Oder gefällt es dir, wenn ich dir hinterherjage? Ist das deine Strategie?
Wer ?!
Was sagt sie ?!
Schieb mich nicht weeeg!
Don't be silly!
R...

Ren …
Ich war so einsam! Da bin ich einfach hergekommen. ♡
I've been dying to see you!
Geh wieder nach Hause!
Am Über-setzen.
Lass mich los!
Oh nein, Juzen löst sich in Staub auf!
Aber sie ist schon hübsch. ♡
Unser Ren lässt das Kapitel als Fee …
… hinter sich?!
Waaah! ☆
Bin ich nei-disch …
Ausländer sind wirklich viel direkter! Ganz anders als Japaner.
Wir waren also eigent-lich alle aus demselben Holz ge-schnitzt!

Was?!
Michael ist in der Schule?
Woher wusste er, auf welche Schule Ren geht?
Er hat es wohl aus Mikiko rausgequetscht.
Sie hatte ohnehin vor, ihn hier auf die Schule zu schicken, als kurzen Austausch.
So schnell geht es aber nicht.
Wenn er dich stört, kannst du ihn in ein Taxi stecken und zurückfahren lassen.
Ich glaube nicht, dass er das mit sich machen lässt.
Heute wird Herr Takamura sich um ihn kümmern.
Oh!!
Mir soll's recht sein. Das hier ist eh so was wie eine Anlaufstelle für Austauschschüler.
Herr Takamura!
Ich soll Ihnen von Haru sagen ...
... dass Sie heute zum Abendessen eingeladen sind.
Wooow!
In japanischen Schulen sind richtig wenige Mädchen!
Ooh! ♡

Die Soryo war ursprünglich eine Jungenschule. Und unsere Wohnheime, die meistens ...
... von Schülern von weiter weg genutzt werden, sind nur für Jungen. Da ist es kein Wunder, dass wenig Mädchen hier sind.
Wie hast du es allein hierhergeschafft?
Mir haben nette Japaner geholfen!
Als ich nicht weiterwusste, hat mich jemand bis zur Schule gebracht. ♡
Hör mal, Ren ...
Machen Sie sich nichts draus. Er war ...
... schon immer so. Er weiß andere um den Finger zu wickeln.
?
Na ja, wie auch immer.
Der Schuldirektor hat mich eben eingeweiht.
Du bist drüben also ein Schauspieler?
Ich hoffe, du schleppst keine Paparazzi an.
Nein, die kommen nicht her.
Sagt er.
So bekannt bin ich auch wieder nicht.
Okay.

Hmhm
Die Modeljobs, die meine Mutter mir aufdrängen wollte, waren zumindest lukrativ.
Aber wenn du möchtest, dass ich berühmt werde ...
... hänge ich mich richtig rein und nehme alle Jobs an.
Sag mal ...
... was macht eigentlich die Schauspielerei?
Aufgehört hast du damit noch nicht, oder?
Aaaargh!
Genau! Ich muss dir was erzählen!
Bei dem Filmjob, den ich letztes Jahr angenommen hatte, hab ich mich nur ein bisschen verletzt und Maria ist komplett ausgerastet.
Sie stürmte sogar aufs Filmset. Ein Riesenchaos, sag ich dir!
Wie, verletzt?
Seitdem hab ich keine einzige Anfrage mehr bekommen!
Ich hatte zwar nur eine kleine Rolle, aber ich mochte den Regisseur, verdammt!

Ich bin von einem Motocross gestürzt.
Es waren nur ein paar Rippen angeknackst, mehr nicht.
Zum Glück hat es nicht dein Gesicht erwischt.
Wieso sagst du dasselbe wie Maria?!
Danach ließ sie mich nur noch für Teenfashion modeln.
Aber das ist so langweilig. Also bin ich weiter auf den Motocross-Übungsplatz gegangen. Und dann sind wir richtig aneinandergeraten.
Während unseres Streits ist dann auch noch Grandma gestorben.
Hätte ich das gewusst, wäre ich bei Grandma geblieben, anstatt zu meiner Mutter zu gehen.
Du hast also auch ...
... Dinge, die du gern machst, wenn du allein bist.

Was redest du da?
Aber wieso ...
Natürlich hab ich welche.
... fühle ich mich dann so leer?

...!
Er sieht Haru so ähnlich!
Ach?
Wie viele Brüder seid ihr noch mal?
Habt ihr etwa noch einen?
Nein, das ist Harus Cousin Natsuo.
Natsuo, das ist Michael. Er wird eine Weile hier wohnen.
Da ist ja ein Mini-Haru!
Hey, wer ist das?!
Erzähl mir nicht, der ist deine Jugendsünde!
Nein, Mann!
Dann hätte ich ihn mit neun Jahren zeugen müssen. Für wen hältst du mich?

Dann ist er genau so alt wie Ren?
Er könnte auch als Mädchen durchgehen.
Aber dafür ist er recht klein, oder?
Dein Hund ist ganz schön schwer.
Sag das lieber nicht laut! Auch nicht Ren.
Das würde sie sofort auf 180 bringen.
Aber sag mal …
… habt ihr wirklich einen wildfremden Menschen hier aufgenommen?
Er ist über Haruko zu uns gekommen.
Ren kannte ihn auch schon.
Ah …
Dann seid ihr also doch irgendwie verwandt?
Ich weiß von nichts?!
Keine Ahnung?!
Angeblich hat es irgendwas mit Harukos Arbeit zu tun.
Frag mich nicht wieso, aber sie ist jetzt sein Vormund.
Also …
… drängt sie wieder einmal ihrem Sohn ein Kind auf?
Haru!

Herr Takamura verspätet sich wegen seiner Arbeit etwas.
Alles klar.
Die Zwillinge sind heute auch nicht da. Dann lasst uns schon mal anfangen.
Zum Abendessen gibt es heute Oden-Eintopf.
Was ist das?
Oden.
Das gab es auch in dem Supermarkt, wo wir letztens waren.
Kann ich davon auch etwas essen?
Das hier hat nicht viel Kalorien, aber ich hab dir ...
... sicherheitshalber auch gebratenes Gemüse gemacht.
Dann ess ich lieber das.
Du isst auch nicht gerade viel für dein Alter, aber ...
... was ist mit dem los? Ist er gerade auf Diät?
Wer weiß.
Früher war er nicht so.

Dingdong
Herr Takamura ist da.
Das ging ja doch ganz flott.
Nat-suo!
Kannst du auf den Herd auf-passen?
Geht klar.
Hey ...
... sag mal ...
Hm? Was denn?
Endlich mal wieder Oden.
Oh, ein Glück!
Du sprichst Englisch.
Hm? Ach so, ja.
Alle in diesem Haus können Eng-lisch, oder?
Ja, aber darum geht es nicht!
Aki und Shima kann ich meine Fragen nicht stellen.
Ihnen scheint das mit den beiden nämlich nichts aus-zumachen, hab ich den Eindruck.

Aaah ...
Hast du was mit ansehen müssen?
Das kannst du laut sagen!
Moment! Ihr wisst alle Bescheid?!
W... Wie kann er das Ren nur antun?!
Seit wann macht er das?! Das ist unverzeihlich!
J... Jetzt warte doch mal!
Ich hatte recht! Ren gehört nicht nach Japan!
Sie wollen es wohl beide so, denke ich!
Bitte was?!
Außerdem ist es Ren, der unbedingt mit Haru schlafen will. Ich hab Haru ...
... schon meckern hören, dass es echt hart ist, sich da im Zaum zu halten.
Ugh, verschon mich damit! Das will ich alles nicht hören!
Warte!
Hä?!
Heißt das etwa, sie hatten noch keinen richtigen Sex?!

Natürlich nicht.
Er ist vielleicht manchmal dumm, aber immer noch kein Abschaum.
Hoffe ich.
Du klingst nicht so überzeugt.
Na ja, wenn sie's getan hätten, würde man das sofort merken.
Aber das bedeutet auch, dass es passieren kann, oder?
Wieso?
Seit wann machen die das?!
Frag mich das doch nicht.
Die waren schon so, bevor ich hierherkam.
Ren ist doch kein Kind mehr. Wenn er es nicht wollte, würde er das schon sagen.
Ren ist auch komisch!
Vielleicht denkt er nur, dass er Haru mag, weil er plötzlich nach Japan musste und sich nur an ihn wenden konnte!
Dass er sich nur …
… an Haru wen-den konnte, mag vielleicht stim-men, aber …
Siehst du!!

?
Warum redet ihr so laut?
Was ist los?
Nichts.
!!
...

Liebst du Haru?
Ja.
Du, Ren ...
Das kam ja wie aus der Pistole geschossen!
Du hast mich gefragt und ich hab geantwortet. Mehr nicht.
Offenbar hast du Natsuo ausgefragt und ihn in eine unangenehme Situation gebracht.
Das zwischen Haru und mir ist nichts, worüber du dir Sorgen machen musst.

...
Du hast alles gehört?
Es war schwer zu überhören, so laut wie ihr wart. Ich hatte gar keine andere Wahl.
Tut mir leid.
Aber meinst du nicht ...
... dass du es dir bloß einbildest?
Wir haben uns hier zum ersten Mal gesehen, und er ist trotzdem freundlich zu mir.
Jeder würde ihn da mögen.
Wieso einbilden?
In den letzten Tagen habe ich selbst erfahren, wie nett er ist.
Er achtet sogar auf meine Ernährung.
Haru ist erwachsen.
Vielleicht bildest du dir deshalb ein, dass du ihn liebst.

Ich denke nicht, dass ich von Anfang an in Haru verliebt war.
Aber als wir voneinander getrennt waren, konnte ich an niemand anderen denken.
So richtig bewusst wurde ich mir meiner Gefühle erst, als wir uns wieder begegneten und er mir seine Hand reichte.
Hm?
Anfangs ...
... wollte ich ihn ja auch aufgeben.
Ich wollte ihm bloß meine Gefühle gestehen. Mehr nicht.
Das war der einzige Grund, weshalb ich nach Japan kam.

Vielleicht hast du recht, und die Gefühle haben sich nur deshalb entwickelt, weil ich nur noch an Haru denken konnte ...
... aber eins weiß ich sicher. Ich hätte nicht jeden genommen, bloß weil die Person nett zu mir ist.
...
Wieso hat sich Haru für dich entschieden?
Keine Ahnung.
Haru ist lieb. Vielleicht konnte er mich einfach nicht im Stich lassen.
Aber das alles ist nicht wichtig.
Wieso nicht?
Für Liebe braucht man keinen Grund.
Wenn Haru sagt, dass er sich für mich entschieden hat, vertraue ich darauf.
Aber wie kannst du dir da so sicher sein?
Es gibt nichts, was sich nicht ändert.

Euer Getue kann man doch nicht ernst nehmen.
Haru?
Hm? Gehst du schon schlafen, Ren?
Ja.
Was schaust du da?
Hm? Ach, nur die Serie, in der Michael mitspielt.
Ich hatte sie noch nicht bis zum Ende geschaut.
Ach so.

Hat Michael auch noch woanders mitgespielt?
Ich bin bald fertig. Geh schon mal ins Bett.
Nein.
Ich schau mit.
Gut.
Er meinte, dass seine Mutter ihn in letzter Zeit nur modeln lässt.
Ach ja?
Seit der Verletzung bei einem Filmdreh letztes Jahr hat er nirgends mehr eine Rolle bekommen.
Schade eigentlich.
Hast du die Unterlagen für deine Wunschuni abgegeben?
Ja, vorerst.
Na ja, du kannst dich immer noch umentscheiden.
Kicher
Kicher
Und du, Haru?
Willst du nicht studieren?
Ich?
Die Zwillinge meinten ...
... dass du auf einer Uni warst und sogar ein Stipendium bekommen hattest.
Es wäre noch nicht zu spät, oder?
Ha ha ha
Es wäre sicher lustig, mit dir an derselben Uni zu studieren ...
... aber ich bin nicht so schlau wie du.

Wie kommst du darauf?
Nur so.
Ich dachte, dass die Gesellschaft mehr davon hätte, wenn du studieren würdest. Und nicht ich.
Ich bin doch kein Teufel, der dich einfach ins Berufsleben schickt, so weltfremd wie du bist.
Du solltest studieren.
Dass ich so weltfremd bin, ist zur Hälfte deine Schuld.
Aber für die andere Hälfte ist wohl Haruko verantwortlich.
Du zerbrichst dir gerade wieder über irgendwas Dummes den Kopf, hab ich recht?
Komm mal zu deinem großen Bruder.
Aber Haru ...
... hattest du als Kind keinen Traum?
Als Kind?
Doch.
Ich wollte Hundeschlittenführer werden.
Daran hätte ich auch Interesse.

Gut, dann schreiben wir Hundeschlittenführer auf die Liste.
Aber wenn du irgendwo weit weggehst, komme ich mit, klar?
Nein.
Du musst hier im Café arbeiten.
Ich kann einfach jemanden einstellen.
Ich werde mir wieder eine andere Arbeit suchen.
Vielleicht werde ich dann mit dir Hundeschlittenführer.
Ich dachte, das hätte dich traumatisiert?
Hmm ...
Solange ich nicht mit Haruko in einem Team bin, ist alles gut.
Und? Was genau bereitet unserem Jüngsten solche Sorgen?
...

Ich bin glücklich, so wie es ist.
Okay.
Aber ...
Ich kann mir meine Zukunft nicht vorstellen.
Mir fällt nichts ein, was ich machen möchte.
... mir ist auch bewusst, dass es so wie jetzt ...
... nicht ewig bleibt.
Ich fühle mich so leer.
Hm, dann sag mir ...
... Ren ...
... mit wem du in der Zukunft zusammen sein willst.

Mit dir.
Ha ha ha, ich auch! ♡
Versprochen, ja?
Umstände ändern sich und es ist ganz normal, dass sich dadurch auch die Träume ändern.
Also zerbrich dir nicht zu sehr den Kopf …
… okay?
Mach ich …
Aber was …
… wenn ich für immer so leer bleibe?

Sag mal ...
... findest du ihn nicht zu bemutternd?
Daran hat sich im Vergleich zu früher nicht viel verändert.
Der Ren, den ich kannte, war so stark ...
... dass er auch allein durchs Leben gekommen wäre.
Das da ist nicht Ren.
Bloß weil man allein ist, ist man doch nicht automatisch stark.
MALIBU
Findest du?
Die beiden sind doch total abhängig voneinander.
Sie kleben ständig aneinander und ziehen sich gegenseitig runter.
Vielleicht stecke ich Haruko, was da läuft ...
... und dass Haru Ren belästigt.
Dann hat Haruko gar keine andere Wahl, als Ren wieder zurückzuholen, oder?
Micha ...

Ren ist nicht so schwach, dass er nach der Pfeife von Erwachsenen tanzen würde.
Und auch Aki und ich würden das nicht zulassen.
Was willst du hier?
Etwa Ren zurückholen?
Dein Verhältnis zu deiner Mutter ist zerrüttet und deine Großmutter ist erst kürzlich verstorben.
Bist nicht eher du es, der allein nicht zurechtkommt?
Ich ...
Ich will bloß, dass Ren wieder der Alte wird!
Ein Ren, der an jemandem klebt und so verwöhnt ist, dass er nirgends mehr hinkann, ist nicht mehr er selbst!
LEF

Ruhe, Micha! Ab ins Bett mit dir!
Uwäääh!
Bamm
?
?
Wooow! ♡
Haaach ♡
Mit Ren im Partnerlook. ♡
Ach, steht ihm doch super.
Es ist nur die Schuluniform.

Na ja, besuch hier erst mal die Oberschule.
In der Soryo können viele Englisch sprechen. Da bist du gut aufgehoben.
Es ist so lang her, dass ich das letzte Mal in der Schule war. ♡
Ich will in dieselbe Klasse wie Ren!
Kein Problem.
Juhuuu!
Deine Mutter, Maria Beil, ist gerade übrigens …
… drauf und dran, dich wieder zurückzubekommen.
Echt?
Sie macht einen Riesenaufstand und droht, Haruko anzuzeigen.
Es geht ihr doch eh nur ums Geld.
Aber an mein Gehalt kommt sie nicht mehr ran.
Wenn sie Haruko anzeigt, übernehme ich den Fall natürlich …
… aber es könnte unser Nachteil sein, dass du nicht bei deinem Vormund lebst.
Das wird schon.
Maria könnte Haruko nicht anzeigen.
Dafür hat sie viel zu viel vor den Paparazzi zu verbergen.
Aber gut möglich, dass sie bei Haruko einfällt und sich mit ihr anlegt.
Alles klar.
Dann werde ich sie schon mal vorwarnen.

Nanu? Du gehst schon, Mikiko?
Ja, ich hab noch Arbeit zu erledigen.
Pass mir gut auf Micha auf.
Oh, was ist mit seiner Schuluniform?
Die hab ich ihm mitgebracht.
Er hat dieselbe Größe wie Ren. Das war also kein Problem.
New!
Aber ...
Was?
Findest du nicht, dass er etwas zu dünn ist, Haru?
Zwar ist Ren für sein Alter auch ein wenig klein, aber Micha ist ...
Ich weiß.
Er isst zwar alles, was Ren ihm empfiehlt, aber abgesehen ...
... von ein bisschen Gemüse und Hühnerfleisch nimmt er sonst nichts zu sich.
Ach ja?
Bei solchen Dingen kann es auch nach hinten losgehen, sich einzumischen. Am besten, wir haben einfach ein Auge drauf.
Ich werde Herrn Takamura um Rat fragen ...
... und auch aufpassen, wenn er bei uns isst.
Ich danke dir.
Kein Problem. Ich kenn das ja schon.
Bei uns haben alle Brüder unterschiedliche Vorlieben beim Essen.
Ich liebe Reis.
Ich liebe Fleisch.
Hast du ...
... Chili da?

Hm?
Bist du allein, Ren?
Wo ist Michael?
Er meinte, er hätte zu wenig zum Anziehen.
Deshalb hat Shima ihn zum Shoppen mitgenommen.
Ach ja, Unterwäsche kannst du ihm ja schlecht borgen.
Was bereitest du da eigentlich zu? Ich kann gern …
… übernehmen, wenn es für das Abendessen ist.
Schon gut.
Das ist für Michael.
Aber ich finde es gemein, dass nur er so eine Extrawurst kriegt.
Er bekommt einfach so das Essen von dir zubereitet.
Wir beide sind klein.
Und er ist sehr wählerisch.
Aber seine Arme und Beine sind länger als meine. Das spricht dafür, dass er unterernährt ist.
Mikiko und ich kamen eben auch darauf zu sprechen.

Mein Repertoire ist ja nicht besonders groß.
Aber wenn's nur Gemüse ist, kann ich das auch.
Hm?
Das hast du auch häufig für mich gemacht.
Ach, du meinst meine Spezial-Gemüsesuppe?
Du hast als Kind wirklich wenig gegessen.
Aber mit Kleinschneiden und Kochen hat es schon gepasst.
Wichtig war mir nur, dass du ausreichend Nährstoffe zu dir nimmst.
...
Hach!
Da kommen Erinnerungen hoch. Darf ich später auch etwas davon essen?
Klar.
Ich muss sagen ...
... du bist echt gewachsen, Ren.
Als du damals nach Japan kamst, dachte ich, dass du noch ein Grundschüler warst.
Reis macht alles möglich.
Was?!
Da musst du doch antworten, dass meine Kochkünste dir zum Wachstum verholfen haben!
Wenn ich die Dinge ...

... die mir Haru beigebracht hat, vor seinen Augen anwende ...
... kann ich den Stolz in ihnen erkennen.
In solchen Situationen ...
? Was ist?
Starr
... blitzt bei ihm wieder der große Bruder auf.
Na ja ...
Du bist wirklich groß geworden.
Was ?!
Das gefällt mir wirklich gut!
Bitte was?!
Gesund, mit samtweicher Haut ...
... und seidigem Haar.
?

Und eine Sache, die mir erst kürzlich bewusst geworden ist ...
... ist dass mir dein Körper auch richtig gut gefällt.
?
Und das beste Stück an dir ist ...
???
むぎゅ
Gwit
... einfach dieser süße Hintern. ♡
Waaaaas?!

Moment mal!
So schön griffig.
Küss ♡
Küss ♡
Er ist so schön klein. ♡
Schmeckt sicher gut beim Reinbeißen. ♡
Wann hat er seinen Schalter umgelegt?!
Wenn er dank meines Essens groß geworden ist ...
... darf ich ihn doch auch vernaschen, oder?
Ah ...
Daher weht der Wind.
P... Probieren?!
Swp
Swp
Swp
Ich hab eben Hunger!
Sag schon!
Darf ich probieren?
Ich halt es nicht länger aus! ♡

Hey ...!
Oh, ich wusste es! Deine Hüften sind richtig schmal.
Da lohnt es sich, reinzuinvestieren.
D... Das ist s... sexuelle Belästigung!
Ach was.
Ich koste nur.
Du darfst meinen auch anfassen.
Komm, möchtest du?
!
Ihn ... anfassen?
Ja.
D... Das will ich.
Dann nur zu.

Mit den Klamotten fühl ich nicht wirklich etwas.
Dann fass mich direkt an.
Okay.
Klack
Mir ist durchaus bewusst, dass das, was wir hier treiben, bescheuert ist.

Küss
Und? Dein Ur-teil?
Hmm ...
Er ist fest.
Deine Haut ist so zart. Das fühlt sich rich-tig gut an. ♡
Ich möchte an dir lecken.
Pervers-ling.
Nur kurz.
Bitte, okay?
Ich war noch nicht baden.
So mitten am Tag in der Küche.
Aber dann wür-de es nicht mehr nach dir schmecken.
Wie soll ich denn bitte schme-cken?!

Aber wir sind so hungrig aufeinander, dass wir uns nicht im Zaum halten können.
Da sind wir wieder!
Schau mal, Ren!
Ich hab die gleichen Schuhe wie du gekauft. ♡
Drüben waren sie immer ausverkauft. Ich hatte Glück!
Ren?!

SUPER LOVERS #40 ● Ende

SUPER LOVERS
#41

Wie ihr sicher wisst, hat unsere Schule …
… ein Austauschprogramm, aber bis jetzt …
… sind mehr Schüler ins Ausland gegangen, als dass Schüler vom Ausland herkamen.
Seht es daher als eine gute Gelegenheit.
Hey, Ren!
Tja …
ぎゅぎゅーう
Drüüüück
Ich hab so Angst! Es ist ewig her, dass ich das letzte Mal auf der Schule war.
Und ich verstehe kein Wort Japanisch. Weich mir bitte nicht von der Seite!
Du wolltest doch unbedingt hier auf die Schule.
Du bist gemein!
Du musst mich doch ermutigen!
Michael, du nervst!

Hey, habt ihr die Neue ...
... schon gesehen?
Sie sieht Rens Bruder doch mega-ähnlich.
Oh ja, stimmt.
Diese DNA ist unschlagbar.
Die von neulich, oder?
Ja, eine richtig Hübsche.
Wie war das noch mal?
Sie ist mit Ren verwandt, oder?
Was?! Echt?!
Und in welche Klasse wird sie gehen?
Bestimmt in Rens.
Sie ist eben ins selbe Klassenzimmer rein.
Hä? Wieso nicht in die Mädchenklasse?
Hä?
Er bleibt nicht lang ...
... aber wir haben jetzt einen Austauschschüler.

Hi!
Ich bin Michael Beilschmidt …
… und komme aus den USA.
Ich freue mich euch kennen-zuler-nen. ♡
Willkommen!! Michael Beilschmidt! (Männlich)
Oh.
Ren, du kümmerst dich um ihn, ja?
So was gehört doch verbo-ten!

Ha ha ha ha ha ha ha ha ha ha!!
Oh Mann, das muss sich doch richtig gut angefühlt haben. Die Gesichter hätte ich gern gesehen.
Das gehört echt verboten!
Wieso?!
Ist doch nicht meine Schuld, dass sie dachten, ich sei ein Mädchen.
Haru ist das beste Beispiel dafür.
Anders als damals ist er jetzt nur noch groß und überhaupt nicht mehr süß.
Irgendwie will ich das nicht!
Ach, mach dir nichts draus.
Die Zeit wird schneller vergehen ...
... als dir lieb ist. Du wirst maximal noch die nächsten ein bis zwei Jahre so süß aussehen.
Aki hat doch gerade Japanisch gesprochen. Wie kommt es, dass sie sich trotzdem verstehen?
Das will mir nicht in den Kopf.
Die beiden sind wie Tiere. Haben ausgeprägte Instinkte.
Und sind einfach gestrickt.

Er sieht dir echt ähnlich, Haru.
Dabei dachte ich das ja auch schon von Natsuo.
Haruko hat nichts in der Richtung erwähnt ...
... und es interessiert mich auch nicht.
Bist du sicher, dass ihr nicht verwandt seid?
Keine Ahnung.
...?
Aber er ist etwas zu dürr, oder?
Wenn ihr zwei nebeneinander steht, seht ihr nicht älter als Mittelschüler aus.
Kümmer dich um deinen eigenen Kram!
Hey, hat Michael eigentlich zu Mittag gegessen?
Nur ein bisschen.
Die Lunchbox, die du ihm gemacht hast, wanderte zum größten Teil in Juzens Magen.
Oje ...
So jung und er macht schon Diät?

Hoppla, schon so spät?
Ich muss mich ums Abendessen kümmern.
Ich mach hier den Rest. Geh ruhig in den Feierabend, Haru.
Danke!
Komisch.
Was meinst du?
Haru scheint sich überhaupt nicht für diesen Jungen zu interessieren.
?
Aber er passt doch auf seine Ernährung auf.
Na ja, er ist ja auch ein Gast, für den er hier die Verantwortung trägt.
Aber müsste nicht auch dein Interesse viel größer sein, wenn er dem Haru aus der Kindheit so ähnlich sieht?
Hm?
Das Leben hier ist schon Umstellung genug. Ihm das Essen aufzuzwängen wäre nicht hilfreich.
Haruuu!
Darf ich das Café schließen?
Wir sind schon über der Zeit.

Nein, gar nicht.
Ich bin nur an Haru interessiert.
Du bist echt unverbesserlich.
Na ja, wenn's euch egal ist, soll's mir recht sein.
Aber du solltest an deiner Einstellung echt was ändern. Das bringt dir früher oder später nur Ärger ein.
Was für Ärger?
Reeen!
Hör mal!
Aki ist richtig gemein!
Gwapp
Als ich ihm gesagt habe, dass ich eine japanische Freundin will ...
... meinte er, ein Freund ließe sich schneller finden.
Und als ich dann erwiderte, dass du schon mein Freund bist, hat er angefangen zu lachen.
Ich bin nicht dein Freund.
Dann lass uns ein Paar werden!
In Japan muss man bestimmte Regeln einhalten, damit man zusammenkommt, oder?
Dann tu ich das hiermit: Bitte geh mit mir!

Hä?
Also noch mal!
Ich liebe dich!
キリッ
Strahl
Kannst du bitte mein Freund werden?
Sein Freund werden?
Hey, Ren! Wo bleibt die Antwort?
Oder hat dich schon jemand vor mir gefragt?
Mich gefragt …
Oh …
Äh …
… ein Paar zu werden?
Das …

... ist bei uns nicht passiert.
Er hat gesagt ...
... dass er mich liebt.
Aber ob wir ein Paar werden, hat er mich ...
... nie gefragt.
Also ...
Nun ...
... was sind Haru und ich dann?!
Ren?
Au-weia.
Ren, wo bleibt deine Antwort?

…?
Wieso starrst du mich die ganze Zeit so an?
Tu ich doch gar nicht.
Oh, wolltest du mit mir ein Bad nehmen?
Nein.
Wenn du reden willst, können wir das vorm Schlafengehen machen.
Geh schon mal vor.
Oh, ich …
… schlafe heute in meinem Zimmer.
Was ?!
Michael bat mich, ihm vorm Schlafen etwas Japanisch beizubringen.
Außerdem …
Wo bleibt Ren nur?
… möchte er nicht allein schlafen.
Ren …
Hör mal.

Ich möchte mich da nicht groß einmischen …
… aber halte dich von Michael fern.
Eure Lebensumstände sind völlig andere.
Haru?
Was willst du damit sagen?
Aber wieso darf ich dann in dieser Zeit nicht machen, was ich will?
Grmpf
Das meine ich nicht.
Er stellt dein ganzes Leben auf den Kopf, wenn du nicht aufpasst.
Besser du gibst dich nicht mit ihm ab.
Du möchtest kein Schauspieler werden wie er.
Also ist das hier auch nur eine Beziehung auf Zeit.

Wie dem auch sei. Heute schlafe ich in meinem Zimmer.
Gute Nacht.
Ah, hey!
Ren!
Ren?
Ich weiß, dass er unseren Rhythmus etwas durcheinanderbringt ...
... aber mit dieser Art hat er mich früher immer gut auf andere Gedanken gebracht.
...
Grmpf
Wieso versteht er mich nicht?

Ähm ...
Ohayo gozai-masu?
Kon-nichi-wa?
Du musst den Leuten in Japan nur klarmachen, dass du Hilfe brauchst, hat Haru gesagt.
Stimmt, jetzt, wo du es sagst.
Der Student, der mir beim Umsteigen am Bahnhof geholfen hat, war wirklich nett.
Aber es war ein Kerl.
Sag ich ja.
...
Du, Ren? Willst du für immer in Japan bleiben?
Willst du nicht mit mir zurück zu Haruko?
Japan ist sicher und hat viel zu bieten, aber bei Haruko ...
... könntest du viel eher die Dinge tun, die du möchtest.
Die ich möchte?
Haruko hat gesagt ...
... dass es eine Schande wäre, wenn du in Japan bleibst, weil damit alles, was sie in dich investiert hat, umsonst gewesen wäre.
Hat sie das?

Sie meinte, bei Haru sei der Zug schon abgefahren, aber sie wolle nicht denselben Fehler bei dir machen.
Ich denke ...
... dass Haru glücklich ist, so wie es ist.
Ich bin ...
... nicht wirklich schlau.
Aber du bist schlau.
Ich glaube, sie möchte, dass du drüben studierst.
In der Hinsicht hab ich die freie Wahl, weil niemand hohe Erwartungen an mich hat.
Mich haben Haruko und ihre Arbeitskollegen unterrichtet.
Dem konnte ich mich schlecht entziehen.
Ach ja, sie kann einem echt Angst machen.
Findest du?
Sie ist doch nett.
Sie war sehr gedul-dig mit mir.
Was?!
Ich weiß noch ...
... wie streng sie war, als sie mir Französisch bei-bringen wollte!
Ah stimmt. Ich erinnere mich.
Ha ha!
Das waren noch Zeiten.

Es war echt schön bei Haruko in Kanada.
Meine Grandma hat sich auch super mit Rob und Fumie verstanden.
Aber die Größe deiner Hunde hat mich überwältigt.
Wir haben jetzt drei neue Welpen.
Du kannst sie jederzeit wieder besuchen.
Echt?
Dann freu ich mich aufs nächste Mal.
Michael?
...?

...?
Huörg
Ugh
Mi-chael ...?!
Micha ?!
Huch?
Ren?

Hast du dich übergeben?
Wie lange geht es dir schon nicht mehr gut?
Ach, halb so wild.
Hab mich bloß überfressen.
Was?!
Überfressen, sagst du?! Du hast das Abendessen doch kaum angerührt.
Findest du?
Ich glaube, du bekommst das nur nicht so mit.
Seit wann?
Hä?
Seit wann würgst du dein Essen wieder aus?
Das heute ist nur Zufall.
Wenn du mich anlügst, schicke ich dich sofort zurück zu Haruko.
Wenn dir etwas passiert, muss Haru dafür geradestehen.
Das lasse ich nicht zu!
Ngh!
Wieso sagst du so was?!

Im Vergleich zu früher kann ich schon wesentlich mehr essen!
Als ich bei Maria war, war es noch viel schlimmer.
Aber ich pass auf, dass das nicht wieder vorkommt.
Also sag so was nicht!
W... Wenn ich dich hier störe ...
... gehe ich in ein Hotel in der Nähe.
Aber ich komme dich trotzdem jeden Tag besuchen.
ぐすっ
Schluchz
Wieso klammerst du dich so an mich?
Du bist so gemein, Ren!
Du bist der einzige Freund, den ich habe.
Aber du wirst im Nu neue finden.
Bei deiner Arbeit begegnet man doch so vielen Menschen.
Bist du bescheuert?!
Niemand würde so etwas wie einen Freund in mir sehen!

Ich weiß schon nicht mehr, wie oft man mir gesagt hat, dass ich einfach wie eine Pup-pe nebendran stehen und lächeln soll.
Und dass ich sonst keinen Wert habe.
Wie soll ich in so einem Umfeld denn Freunde finden?!
Was?
Du schläfst für eine Weile in deinem Zimmer?
Wieso ?!

Ich denke, wir sollten Michael nachts nicht allein lassen.
Wozu?
Hab ich dir nicht gesagt ...
... dass du dich aus seinen Angelegenheiten raushalten sollst?
Wohin soll das führen?
Du bist doch nicht sein Vormund?!
Und er ist auch kein Kind mehr.
Das weiß ich!
Dann misch dich nicht halbherzig ein.
Er ist bald nicht mehr hier. Wie willst du ihm da groß helfen?!
Das will ich doch gar nicht!
Aber ich kann doch wenigstens in seiner Nähe bleiben und ein Auge auf ihn haben?!
Auch nachts?!
Wieso?!
Und was bin ich dann für dich?!
Was du ... für mich bist?
Das würde ich ...
... auch gern wissen.

Du bist die wichtigste Person …
… in meinem Leben und niemand steht mir so nah wie du.
Was?
Kannst du es nicht sagen?
Trotzdem hast du mich nie nach einer Beziehung gefragt.
Knirsch
Als Japaner musst du doch die richtigen Regeln einhalten.
?
Was meinst du?
Ich verstehe nicht, was du da sagst.
Bei uns kann man doch kaum noch von Japanern sprechen.
So lange, wie wir in Kanada gelebt haben.
Das mag sein, aber …!
Red nicht so einen Unsinn.
Du schläfst in meinem Zimmer!
Basta!

Grmpf
Unsinn ?!
Hast du gerade Unsinn gesagt?!
Obwohl ich mir so den Kopf darüber zerbreche?! Was fällt dir ein?!
Ich verstehe doch die Japaner auch nicht. Genauso wenig, wieso man extra nach einer Beziehung fragen muss.
Aber am meisten regt mich auf, dass du nicht ausdrücklich sagst, dass du eine Beziehung mit mir willst!
Knirsch

Tut mir leid, Ren.
Genaues weiß ich nicht, aber du hast dich heute Morgen mit Haru über mich gestritten, oder?
Du bist meinetwegen sauer, hab ich recht?
?
Wieso?
No.
Ich bin auf Haru sauer.
?
Wieso?
FANG
Hey Haru ...
... ich versteh ja, dass deine Laune gerade im Keller ist ...
... aber setz dir bis Ladenöffnung wieder dein Pokerface auf!
Gwah
Du machst mir Angst!
Klappe!

Danke …
… fürs Frühstück.
Wetten, du hast dich wieder mit Renren gestritten?
Er lässt Micha ja nicht mehr aus den Augen.
Ich kann dich wirklich verstehen, aber trotzdem.
Was?!
Wie willst du mich denn bitte verstehen?!
Natürlich tu ich das.
Micha sieht aus wie du früher!
Welch seltener Zufall!
Mit all den Events!
Ren kann jetzt endlich *Das aufregende Schulleben mit Haru ☆* nachspielen!
Aber mich gibt's trotzdem nur einmal!
Ich hab in meiner Kindheit nicht so auf süß gemacht wie der!
Findest du?
Aki hat mal erzählt …
… dass du dich vor Erwachsenen immer lieb gestellt und gelächelt hast.
Aber doch nur …

... weil ich noch nicht gut Japanisch konnte. Natürlich hab ich da versucht, einen guten Eindruck zu machen.
Ich kannte niemanden ...
... und hab mich auch um die Zwillinge sorgen müssen, da die Eltern ja beide arbeiteten.
Ach, deshalb bist du ...
... Renren nicht von der Seite gewichen, als er nach Japan kam.
Und das ist dann wohl auch der Grund, weshalb er Micha nicht von der Seite weicht. ♡
Hä ?!
Bestimmt hat er sich darüber gefreut ...
... dass du immer bei ihm warst, als er noch neu in diesem Land war.

Wenn ich an die Zeit zurückdenke ...
... in der Ren und ich zu zweit in der engen Wohnung gelebt haben, ging es da wesentlich friedlicher zu.
Er war immer nur in der Schule oder der Bibliothek. Ab und zu vielleicht noch ...
... im 24-Stunden-Supermarkt.
Ich war sein einziger Gesprächspartner.
Er war ganz auf mich fixiert.
Und jetzt sieht er ...
... jemand anderen an. Bloß, weil er mir etwas ähnlich sieht. Das ist doch gemein.
Was bin ich für Ren?

Hey, Ren! Kann ich dieses Schwanenboot auch fahren?
Wenn du dafür bezahlst.
Dann möchte ich das gern machen. ♡
Meinst du, meine Kreditkarte ist hier gültig?
Ich geb's dir aus.
Bist du schon mal damit gefahren?
Nein.
Ich komme zwar häufig auf Tanukis Gassirunde hier vorbei, aber gefahren bin ich damit noch nie.

Dann ist es dein erstes Mal!
Wir fahren gemeinsam Schwanenboot! ♡
Die Schlange ist ganz schön lang.
Ist doch egal!
Haaaah!
Das Wetter ist schön, der Wind tut gut! Ich liebe es!
Mann, Michael!
Nicht reden! Strampeln!
Ha ha ha! ♡
Hi hi! ♡ Na ja ...
Das hier hast du auch noch nie mit Haru gemacht, oder?
Es ist unser erstes gemeinsames Mal!
Wieso grinst du die ganze Zeit so?
Ist ja schrecklich.

Nebenan scheint ein Zoo zu sein.
Warst du da schon mal? ♡
Ja.
Ab und zu gehe ich mit Haru dahin.
Menno.
Dann fahren wir nur gemeinsam zum ersten Mal Boot.
Michael ...
Gestern Abend habe ich vergessen, dich was zu fragen.
Hm? Was denn?
Hast du dich untersuchen lassen?
In irgendeinem Krankenhaus?
Hast du einen Therapeuten, der dir hilft?
Nein ...
Niemand weiß davon.
Nicht mal Maria.
Ich bin kein Arzt und hab keine Ahnung, aber du bist definitiv zu dünn.
Früher hast du doch mehr gegessen.
Maria ist ein richtiger Kontrollfreak, wenn es um Ernährung geht.
Sie war ja mal Model.
Wegen ihr hab ich die Lust am Essen verloren.
Lass dich von Herrn Takamura mal untersuchen.
Nicht nötig.
Ich will nicht, dass ich keine Jobs mehr kriege, weil sich meine Maße ändern.
Aber aktuell arbeitest du doch eh nicht.

Schon, aber ...
... was geht dich das an?
Uwaaah!
Es tut mir leid! Es tut mir leeeid!
Da seid ihr euch echt ähnlich, du und Haruko!
Klappe!
Ich suche mir gerade eine andere Agentur.
Bisher hat das ja alles Maria gemanagt.
Jetzt, da Haruko mein Vormund ist und Maria keinen Zugriff mehr auf mein Konto hat ...
... setzt sie alles daran, mich arbeitslos zu machen.

Zufrieden?
Ja.
Und lass dich von Herrn Takamura untersuchen.
Yes, Boss!
Ach ja, eins noch.
Was denn noch?!
Es gibt einen Aberglauben, was die Bootsfahrt hier anbelangt.
Wenn man als Paar in einem Boot fährt, wird die Beziehung den Bach runter gehen.
Wieso sagst du das nicht gleich?!

Shima?
Bei der Bar ist jemand ausgefallen. Er hilft gerade aus.
Wo ist Haru?
Wir sollen ohne ihn zu Abend essen.
Aki arbeitet.
Heute gibt es Rind auf Reis.
Er musste doch neulich schon aushelfen.
Und das wird bis zum Jahresende sogar noch häufiger vorkommen.
Da lässt sich nichts machen.
Denkst du, du kannst das essen?
Ja.
Was ist das? Riecht lecker.

Ich geb dir einen Löffel.
Kicher
Danke.
Ich kann gut verstehen, warum Haru sich auf dich stützt.
Tut er das?
Du bist ja eigentlich unser jüngster Bruder ...
... aber im Vergleich zu Micha bist wohl eher du der reifere.
Meinst du wirklich?
...
Du hast dich heute Morgen ganz schön laut mit ihm gestritten.
Aber eigentlich ist er gar nicht der Typ dafür, anderen was vorzuschreiben. Das hat er weder bei mir noch bei Aki gemacht.
Das macht er nur, weil du es bist.
Ja, weil ich in seinen Augen noch ein Kind bin.
Tja, wenn du sein Verhalten immer noch nicht richtig deuten kannst ...
... dann wird es wohl noch etwas dauern, bis du seine Gefühle verstehst.
Nick
Grmpf
Und du verstehst sie?
Ansatzweise, ja.

In der Hinsicht ...
... sind du und Haru euch echt ähnlich, Shima.
Das bekomm ich oft zu hö- ren.
Ren!
Red nicht die ganze Zeit auf Japanisch.
Willst du nicht schlafen?
Ich geh jetzt ins Bett.
Nein.
Schlaf ruhig schon mal.

Grmpf
Wochen-
ende hin
oder her.
Es ist
schon
zwei Uhr
nachts.
Be-
stimmt
...
...
arbeitet
er noch.
Aber nor-
malerweise
schreibt er mir
doch wenigs-
tens oder ruft
mich an.
Haru
Sorry, schlaf schon mal ohne mich.
Haru
Und deck deinen Bauch schön zu!
Haru
Und kein Eis vorm Schlafengehen!
Ausge-
rechnet
heute
meldet
er sich
nicht.
...
Knarz

Raschel
Raschel
Mir schreibt er ständig vor, was ich tun und lassen soll.
»Das erlaube ich nicht!«
»Aber eigentlich ist er gar nicht der Typ dafür, anderen was vorzuschreiben.«
Stimmt das wirklich?
Wenn er das nur bei mir macht …
… dann wahrscheinlich aus der Not heraus, weil ich im Vergleich zu den anderen nicht reif genug bin.
Aber wie lange wird das so weitergehen?
Wann werde ich für ihn nicht länger der kleine Junge sein?

Wieso kommt er nicht zurück?
Er schreibt nicht und ruft auch nicht an.
Blöd-mann.
Knarz

Ren ...
Ren!
Küss
Hast du etwa auf mich gewartet?
Zuck
Huh!
?!
Hä?! Ah!
Haru ?!
Ich dachte, du wolltest für eine Weile in deinem Zimmer schlafen.
Hast du mich doch vermisst?
Du bist wirklich schlimm.
Wie konntest du mit jemandem außer mir ins Bett steigen?
Wieso die zweideutige Anspielung?!

Hey, Ren.
Was genau ...
... bin ich für dich?
Darf ich ...
... denn nicht eifersüchtig wer-den, wenn du mit einem anderen Kerl ins Bett gehst?
Was?

Dein Ernst?!
So was sagst du, aber das Wichtigste lässt du aus?!
Wir sind nicht zusammen! Also kannst du mir mit deiner Eifersucht gestohlen bleiben!
Hä?
Grrr

Wir sind kein Paar.
Du hast mich ...
... nie um eine Beziehung gebeten!
Das glaub ich jetzt nicht!
Es stimmt, ich hab es nie explizit gesagt!
Aber so weit, wie wir schon gegangen sind, ist das doch automatisch klar, oder?!

…
Wohl nicht.
Das geht … … wohl zu 100 Prozent …
Grmpf
… auf meine Kappe!
Ähm …
Stimmt, tut mir leid.
Ich hatte was Wichtiges ausgelassen.
Siehst du?
Ja, es tut mir leid.
Ich dachte nicht, dass es an so etwas scheitern könnte.
Ich hab dir gesagt, dass ich dich liebe, oder?
Ja, das hast du.
Ähm … Willst du mit mir gehen?
…

Gute Nacht.
Okay, klar.
Dann sind wir ab jetzt ein Paar.
Was ?!
Hey, Ren!
Mehr hast du nicht zu sagen?
Nein.
Wieso?
Nicht eine Sache?
Dir?
Yes!
Ich ...
I want all of you!
Everything about you.

Ich denke nicht, dass du mir jetzt voll und ganz gehörst ...
... aber jetzt kann ich immerhin klipp und klar sagen, was du für mich bist.
Ah ...
Äääh ...

Hey ...
Grmpf
Was?
Zeig mir dein Gesicht!
Hnnngh
Bitte nicht!
Ich bin nur rot, bitte hab Gnade mit mir!
Ich weiß!
Deshalb möchte ich doch dein Gesicht sehen.
Hnnn
Hnngh
Das ist wieder typisch für dich!
Ren.
Sonst bist du doch immer der, der mit gelassener Miene Dinge sagt, die einen rot werden lassen.
Das geschieht ihm ganz recht.
Hngh?

?!
Athletic Club
Haru ...
Hey ... War...
Nein!
Ich möchte dich wild küssen!
Hah
Ich halt es nicht länger aus.
Ich wollte doch bloß ...

... auch mal sehen, wie Haru aus der Fassung gerät ...
... aber ...
Küss
Hah
Haru ...!
Hm? Was denn?
Nur noch ein bisschen, okay?
Hm ...
... das ...
... ist ...
... für ein frisches Paar doch ...

... etwas zu ...
... krass, oder nicht?
Du bist so gemein, Ren!
Gestern hast du mir versprochen, bei mir zu schlafen, aber als ich heute Morgen aufgewacht bin, war ich ganz allein!
Warst du nicht.
Tanuki war doch bei dir.
Darum geht es hier nicht!

Ich werde nicht mehr bei dir schlafen.
Schlaf allein.
Wieso nicht?!
Waaas?!
Das ... kannst du nicht machen! ...
......
Na ja ...
Ich bin schon vergeben und unter den Umständen ...
... gehört sich das wohl nicht.
Was?!
What?!
Jetzt ist es raus.
Die Katze ist aus dem Sack.
Das erste Mal ...
... bekennen sie sich klar ...
Tja.
So sieht's aus.
Nicht, dass es überraschend kommt.
Null.
Das kapier ich nicht!
Haru! Weg von Ren!
... zu ihrer Beziehung.
SUPER LOVERS #41 Ende

Damals, als wir noch klein waren, begegneten wir zum ersten Mal ...
... unserem großen Bruder.
SUPER LOVERS
#41.5
Von diesem Moment an richtete sich ...
... das Interesse meines Zwillingsbruders, meiner besseren Hälfte, der sich bis dahin nur für mich interessiert hatte ...
... auf Haru.

Diese dumme Kuh! Die ist doch echt das Letzte!
War wieder zu viel, was?
Warst du bis jetzt aus, Aki? Weißt du, wie spät es ist?
Ich war heute mit Arbeitskollegen unterwegs.
Meine Sitznachbarin hat darauf bestanden, dass ich mittrinke!
Sieh einer an.
Wenn du nicht magst, fackelst du doch sonst nicht lang und lehnst ab.
Ich bin eben auch reifer geworden.
Die Frau gehörte zum Kunden. Ich konnte nicht anders.
Oh, verstehe. Gut gemacht, Aki.
Aber wenn du das nächste Mal wieder spät dran bist, rufst du an. Dann hol ich dich ab.
Kümmer dich um deinen Mist, Haru!

Wieso ?!
Diese Tussi kannte dich!
Und sie wollte unbedingt Geschichten über dich hören!
Sei nicht so frech!
Wärst du gekommen, hätte es alles nur schlimmer gemacht.
Oh, ach ...
Aber ich bin schon seit Ewigkeiten kein Host mehr. Woher kennt sie mich?
Tut mir leid.
Aki redet nicht von dir als Host, sondern ...
... von dir als Cafébesitzer.
Hä?
Dein Gesicht ist überall auf Social Media.
Ich finde, du solltest aufhören, dich mit Cafégästen ablichten zu lassen.
Ah ...
Das hat Kiyo neulich auch gemeint.
Tut mir leid.
Obwohl seit jenem Tag 15 Jahre vergangen sind, könnte er immer noch als ein Prinz durchgehen. Das ist schon irgendwie beeindruckend.
Aber wer weiß?
Vielleicht wollte sie ...
... in Wahrheit was von dir?

Verdammt, nein!
Ihre Augen hingen sofort an Shima, als er mich abholen kam!
Ha ha ha!
Das ist nicht zum Lachen!
Schön.
Du hast ihn also abgeholt.
Danke, Shima.
Wenn es um seine Brüder geht, weiß Haru Bescheid.
In unserer Familie haben wohl alle Pech mit Frauen.
Ihr bekommt das schon noch hin.
Wir Jüngeren werden ihm wohl nie das Wasser reichen können.
Oh, die von eben schreibt mir. Sie möchte, dass ich ...
... ihr mehr über dich erzähle. Mit Herzchen. Ist die dumm?! Die kann mich mal!
Die hat sie doch nicht mehr alle!
Tja ...
Wir haben wohl wirklich kein Glück mit Frauen.
SUPER LOVERS #41.5 Ende

Nachwort

Hallo! Hier ist eure Abe.
Das war *Super Lovers* Band 14.
Vielen Dank, dass ihr ihn bis zum Schluss gelesen habt. In diesem Band kam ein neuer Charakter hinzu und Haru und Ren sind nun endlich ein richtiges Paar!

In letzter Zeit hatten die Zwillinge wieder kaum Gelegenheit, im Rampenlicht zu stehen, weshalb ich sie ins Extra gepackt habe. Normalerweise fällt Shima ja nicht besonders auf, aber in diesem Extra zeigt er mal richtig Präsenz ... oder?

Übrigens läuft *Super Lovers* in Japan nun schon volle zehn Jahre.

Ich bin allen, die mich bis hierher begleitet haben, einfach nur dankbar.

Vielen Dank!

altraverse

Deutsche Ausgabe / German Edition
Altraverse GmbH – Hamburg 2021
Aus dem Japanischen von Hana Rude

SUPER LOVERS Volume 14

First published in Japan in 2020 by KADOKAWA CORPORATION, Tokyo.
German translation rights arranged with KADOKAWA CORPORATION, Tokyo
through TUTTLE-MORI AGENCY, INC., Tokyo.

Redaktion: Anne Faltin
Herstellung: Madlyn Weyhe
Lettering: Vibrant Publishing Studio

Druck: CPI books GmbH, Leck
Printed in Germany

FSC MIX Papier FSC® C083411

ISBN 978-3-96358-898-3
1. Auflage 2021

www.altraverse.de